EL AMIGO DE NADIE

Ele Serfstone

Título original: El amigo de nadie
Autor e ilustrador: Ele Serfstone
ISBN: 9798737083359
Sello: Independently published

En el valle junto a la
montaña, entre matorrales
y arboles cenizos, estaba el
pequeño pueblo de Villa
Soleada.

Se decía que el sol amaba tanto a este pueblo que cada día sin falta lo abrazaba, de primavera a invierno, de pascua a navidad.
4

Por eso ahí
hacía calor cada
día del año, y por
eso cada día era tan
brillante que a ratos
deslumbraba.

En el pueblo, en lo alto de la colina, había un único árbol de nueces que hundía sus raíces en un profundo río subterráneo que le hacía crecer grande y con hojas muy verdes.

Cierto niño solitario solía ver al pueblo desde esta colina y decir: Cuánta luz y cuánto calor, me fatiga el solo observarlo. Pero a la sombra de este gran árbol estoy protegido.

Como en todos los pueblos aquí pasaban cosas divertidas, como las fiestas patronales, cuando la gente comía, bailaba y reía.
8

El niño solitario solía ver al pueblo desde su colina y decir: Cuánto ruido y cuánta gente, me fatiga el solo observarlo. Pero a la sombra de este gran árbol estoy protegido.

Los otros niños, llenos de
energía, se la pasaban genial
cuando jugaban; al pilla-pilla,
el escondite o a las traes.

El niño solitario solía ver al pueblo desde su colina y decir: Cuántos gritos y cuanto sudor, me fatiga el solo observarlo. Pero a la sombra de este gran árbol estoy protegido.

Casi todos los días los vecinos limpiaban sus jardines y barrían las calles. Les gustaba tener un pueblo presentable. Así que ofrecían o aceptaban apoyo, contentos de poder ayudar.

El niño solitario solía ver al pueblo desde su colina y decir: Cuánta hierba y cuanto polvo, me fatiga el solo observarlo. Pero a la sombra de este gran árbol estoy protegido.

Y así las cosas divertidas se sucedían una tras otra, como la vez que vino el circo o cuando volaron globos en el cielo, todo siempre tan emocionante.

Pero el niño solitario solía ver al
pueblo desde su colina y decir:
Cuánto esto y cuanto aquello.

Y al final se quedaba
solo en su colina, a
la sombra de
su árbol.

Cuenta el sol, y yo le creo, que un buen día decidió prestar atención a lo que hacía el niño solitario, ahí, a la sombra. Y dice que vio con sus propios ojos que **nadie** le hablaba al niño desde el árbol.

Nadie dijo: Oye niño, tú, el de ahí abajo, ¿acaso piensas dormir todo el día?

Nadie bajó del árbol e insistió: Mira qué hermoso día, mira qué grande es el sol, ¿no prefieres hacer otra cosa?

El niño solitario se levantó y dijo:
Qué va, si estoy bien. No tiene
caso quemarse bajo el sol.

Pero **nadie** quiso
darse por rendido,
así que **nadie** insistió:
Tanta soledad hace
daño, eso digo yo.

El niño pensó y dijo: Qué va, si estoy bien. Disfruto de mi soledad; de la calma, la quietud y la paz. Disfruto de pensar mis cosas y dormir todo el día.

Nadie sabiamente,
sin embargo, insistió:
Estar solo es bueno a
veces, por un buen rato
o por un ratito, pero no
por un montón. Tanta
soledad hace daño,
eso digo yo.

El niño recordó que estaba triste,
algo que ya se le había olvidado, y
dijo: No sé qué hace más daño, si
la soledad o las personas, pero sé
que la soledad no cambia,
y eso me parece
mejor. Es como
estar dormido en
un sueño que no
es ni bueno ni
malo.

Nadie abrazó al niño
y le dijo con cariño: Tú
lo que necesitas es un
buen amigo; y si me lo
permites, ese amigo
quiero ser yo.

24

El niño escuchó la
propuesta. Le emocionaba la
expectativa de pasear con **nadie**,
charlar con **nadie**, jugar con **nadie**,
incluso pasar el rato bajo la sombra
del árbol en compañía de **nadie**.
¿Qué podía ser mejor?

Cuenta el sol, y yo le creo, que las cosas pasaron tal como las observó ese día.

Nadie se hizo amigo del niño solitario, porque **nadie** quiso serlo, porque **nadie** se lo pidió.

Por eso amiguito, por eso amiguita, atiende estas palabras que me dijo el sol: Si ves a un niño o una niña solitarios, haz lo que **nadie** hizo, se su amigo. Puede que lo necesite mucho. Y Puede que sea el inicio de una bonita amistad que dure para siempre.

www.ingramcontent.com/pod-product-compliance
Lightning Source LLC
Chambersburg PA
CBHW040933110726
48006CB00001B/173